國家圖書館出版品預行編目 (CIP) 資料

短耳兔. 2，小象莎莎在哪裡？/ 劉思源文；唐唐圖；
-- 第二版. -- 臺北市：親子天下股份有限公司, 2024.02
40面；23x25公分. --（繪本；351）
國語注音
ISBN 978-626-305-672-5（精裝）
1.SHTB：社會互動--3-6 歲幼兒讀物

863.599   112021542

謹以這個故事
獻給──喜樂家族的孩子們

願你們可以在愛中
繼續快樂的跳舞

繪本 0351
短耳兔 2

小象莎莎在哪裡？

文｜劉思源　圖｜唐唐

責任編輯｜張佑旭　封面設計｜唐唐　美術設計｜林子晴　行銷企劃｜高嘉吟、張家綺
天下雜誌群創辦人｜殷允芃　董事長兼執行長｜何琦瑜
媒體暨產品事業群
總經理｜游玉雪　副總經理｜林彥傑　總編輯｜林欣靜　行銷總監｜林育菁　副總監｜蔡忠琦　版權主任｜何晨瑋、黃微真

出版者｜親子天下股份有限公司　地址｜台北市 104 建國北路一段 96 號 4 樓
電話｜（02）2509-2800　傳真｜（02）2509-2462　網址｜www.parenting.com.tw
讀者服務專線｜（02）2662-0332　週一～週五：09:00~17:30
傳真｜（02）2662-6048　客服信箱｜parenting@cw.com.tw
法律顧問｜台英國際商務法律事務所・羅明通律師
製版印刷｜中原造像股份有限公司
總經銷｜大和圖書有限公司　電話：（02）8990-2588

出版日期｜2013 年 7 月第一版第一次印行《短耳兔與小象莎莎》
2024 年 2 月第二版第一次印行
2024 年 3 月第二版第二次印行
定價｜360 元　書號｜BKKP0351P　ISBN｜978-626-305-672-5（精裝）

──────── 訂購服務 ────────
親子天下 Shopping｜shopping.parenting.com.tw　海外・大量訂購｜parenting@cw.com.tw
書香花園｜台北市建國北路二段 6 巷 11 號　電話（02）2506-1635　劃撥帳號｜50331356　親子天下股份有限公司

立即購買 >

小象莎莎在哪裡？

文 劉思源　　圖 唐唐

今天早上第一節課，
大象老師向大家介紹新來的同學——
小象莎莎。
莎莎很可愛，一直笑咪咪的。
大象老師交代大家：
「莎莎雖然個子大，其實年紀很小，
大家要像照顧妹妹一樣照顧她。」

大象老師叫莎莎坐在冬冬旁邊。

莎莎咚咚咚的跑過來，用力抱了抱冬冬。

「哇！好痛！」

冬冬發現他的手臂被捏紅了。

跟一頭大象坐在一起實在太危險了。

莎莎很喜歡冬冬，

冬冬走到哪兒，莎莎就跟到哪兒。

「莎莎好像冬冬的大尾巴喔！」大家開玩笑的說。

冬冬很得意，這一條大尾巴真不賴，

不管冬冬說什麼，莎莎都照著做。

不ㄅㄨˋ過ㄍㄨㄛˋ老ㄌㄠˇ是ㄕˋ被ㄅㄟˋ一ㄧ頭ㄊㄡˊ象ㄒㄧㄤˋ跟ㄍㄣ著ㄓㄜ ， 麻ㄇㄚˊ煩ㄈㄢˊ也ㄧㄝˇ不ㄅㄨˋ少ㄕㄠˇ。

不ㄅㄨˋ能ㄋㄥˊ玩ㄨㄢˊ躲ㄉㄨㄛˇ貓ㄇㄠ貓ㄇㄠ ，
因ㄧㄣ為ㄨㄟˋ總ㄗㄨㄥˇ是ㄕˋ第ㄉㄧˋ一ㄧ個ㄍㄜˋ被ㄅㄟˋ發ㄈㄚ現ㄒㄧㄢˋ。

抓ㄓㄨㄚ到ㄉㄠˋ你ㄋㄧˇ了ㄌㄜ！

不ㄅㄨˋ能ㄋㄥˊ玩ㄨㄢˊ翹ㄑㄧㄠ翹ㄑㄧㄠ板ㄅㄢˇ ，
因ㄧㄣ為ㄨㄟˋ會ㄏㄨㄟˋ不ㄅㄨˋ小ㄒㄧㄠˇ心ㄒㄧㄣ飛ㄈㄟ上ㄕㄤˋ天ㄊㄧㄢ。

不能上舞蹈課，
因為會是一場大災難。

還有，
莎莎打呼的聲音也特別大……。

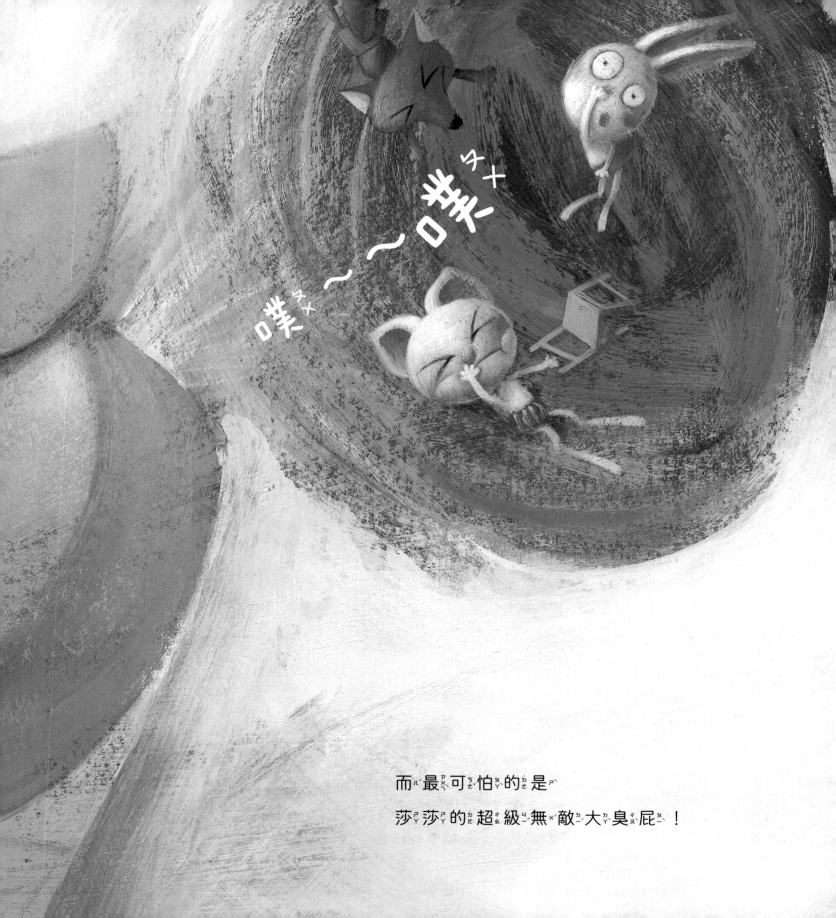

噗ㄨ～～咦ㄨˊ

而ㄦ最ㄗㄨˋ可ㄎㄜˇ怕ㄆㄚˋ的ㄉㄜ˙是ㄕˋ
莎ㄕㄚ莎ㄕㄚ的ㄉㄜ˙超ㄔㄠ級ㄐㄧˊ無ㄨˊ敵ㄉㄧˊ大ㄉㄚˋ臭ㄔㄡˋ屁ㄆㄧˋ！

時間久了了，冬冬覺得有一點累，也有一點煩。

有一天，大家一起去騎車。

冬冬跳上腳踏車，莎莎也跟著跳上去。

嘎吱嘎吱———腳踏車劇烈的震動，

輪子發出刺耳的聲音，差點兒踩不動。

冬冬轉頭看了莎莎一眼，

如果能甩開這條「大尾巴」一下該有多好？

忽然，一個念頭飛過他的腦中。

「莎莎， 我們來玩躲貓貓。」
冬冬叫莎莎下車躲得越隱密越好。

莎莎看到前方有根大樹幹倒在路旁，
忽然眼睛一亮， 想都沒想就鑽進去。
喔喔！ 她忘了自己又大又壯，
肚子卡在洞口， 露出一個大屁股。

冬冬覺得好好笑，
「莎莎好厲害， 怎麼不見了呢？」
冬冬故意大聲說， 一邊悄悄的溜走。

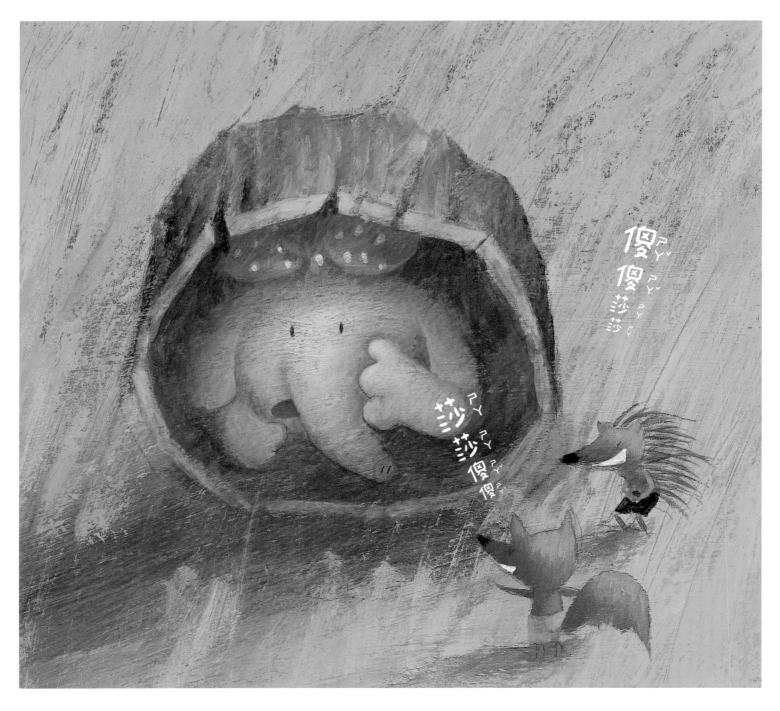

小狐狸和小豪豬經過，看到莎莎的模樣，捧著肚子笑個不停。
「莎莎，你真傻！」
「就是嘛，你不應該叫莎莎，應該改名叫傻傻！」

莎莎聽了有點難過，
用力從洞裡鑽出來卻發現冬冬不見了。
「冬冬，你在哪裡？」莎莎好著急，
悶著頭橫衝直撞，
一旁的小狐狸和小豪豬嚇得趕快逃走。

另一頭，冬冬趕上其他朋友們，一起去大草原騎車。
微風吹呀吹，好舒服。
冬冬一直往前騎，忘了莎莎還在等他。

等ㄉㄥˇ冬ㄉㄨㄥ冬ㄉㄨㄥ想ㄒㄧㄤˇ起ㄑㄧˇ來ㄌㄞˊ時ㄕˊ，天ㄊㄧㄢ已ㄧˇ經ㄐㄧㄥ快ㄎㄨㄞˋ黑ㄏㄟ了ㄌㄜ。

糟ㄗㄠ了ㄌㄜ！莎ㄕㄚ莎ㄕㄚ最ㄗㄨㄟˋ怕ㄆㄚˋ黑ㄏㄟ了ㄌㄜ，冬ㄉㄨㄥ冬ㄉㄨㄥ轉ㄓㄨㄢˇ頭ㄊㄡˊ騎ㄑㄧˊ著ㄓㄜ車ㄔㄜ往ㄨㄤˇ回ㄏㄨㄟˊ衝ㄔㄨㄥ。

咦？樹洞空空的，莎莎也不見了？
滿地散落著斷裂的樹幹、樹枝和樹葉。

「發生什麼事了？」冬冬越想越害怕，
野外很危險，莎莎跑到哪裡去了？
會不會掉到山崖下？會不會掉進小河裡？

他忽然看見通往樹林的小徑上， 有一排大大的腳印……

「莎莎！莎莎！」冬冬騎著車衝進樹林，一邊找一邊喊。

天越來越黑，樹林裡也變得漆黑一片。
冬冬騎得太快，「砰」一聲，
撞上一塊大石頭。

冬冬從腳踏車上跌下來，左腳扭到了，無法動彈。
他忍不住放聲大哭，

「莎莎，
你到底在哪裡？」

咚！咚！
這時有個東西敲了敲冬冬的頭。
冬冬抬頭一看——
是莎莎！

莎莎因為怕黑，摀著眼睛，
整個身子縮起來，一動也不敢動，
好像一塊灰灰的大石頭。

「終於找到你了！」
冬冬抱著莎莎，眼睛紅紅的，
「你真聰明，躲得太好了。」
莎莎聽了，咧著嘴開心的笑起來。
這是她第一次玩躲貓貓，沒被人發現喔！

莎莎用鼻子抱起受傷的冬冬，
一手拎著摔壞的腳踏車，
在月光下，慢慢走回家。

沒想到麻煩的大尾巴竟然會是變成
最可靠的大幫手！